大風

作者－莫言　　繪者－李憶婷

學校裡放了暑假，我匆匆忙忙地收拾收拾，便乘上火車，趕回故鄉去。路上，我的心情十分沉重。前些天家裡來信說，我八十六歲的爺爺去世了。寒假我在家時，老人家還很硬朗，耳不聾眼不花，想不到僅僅半年多工夫，他竟溘然逝去了。

　　爺爺是個乾瘦的小老頭兒，膚色黝黑，眼白是灰色，人極慈祥，對我很疼愛。我很小時，父親就病故了，本來已經「交權」的爺爺，重新挑起了家庭的重擔，率領著母親和我，度過了艱難的歲月。

爺爺是村裡數一數二的莊稼人，推車打擔、使鋤耍鐮都是好手。經他的手幹出的活兒和旁人明顯的兩樣。初夏五月天，麥子黃熟了，全隊的男勞力都提著鐮刀下了地。

　　爺爺割出的麥茬又矮又齊，捆出來的麥個中，中間卡，兩頭參，麥穗兒齊齊的，連一個倒穗也沒有。生產隊的馬車把幾十個人割出的麥個拉到場裡，娘兒們鍘場時，能從小山一樣的麥個垛裡把爺爺的活兒挑出來。

「瞧啊，這又是『蹦蹦』爺的活兒！」

娘兒們懷裡抱的麥個子一定是緊腰齊頭奓根子，像宣傳畫上經常畫著的那個紮著頭巾的小媳婦懷裡抱的麥個子一樣好看，她們才這樣喊。

幹什麼都要幹好，幹什麼都要專心，不能幹著東想著西，這是爺爺的準則。爺爺使用的工具是全村最順手的工具。他的鋤鐮钁鍬都是擦得亮亮的，半點鏽跡也沒有。他不抽煙，幹活幹累了，就蹲下來，或是找塊碎瓦片，或是攏把乾草，擦磨那閃亮的工具……

我帶著很悒鬱的心情跨進家門，母親在家。母親也是六十多歲的人了，多年的操心勞神使她的面貌比實際年齡要大得多。

　　母親說，爺爺沒得什麼病，去世前一天還推著小車到東北窪轉了一圈，割回了一棵草。母親從一本我扔在家裡的雜誌裡把那株草翻出來，小心地捏著，給我看。「他兩手捧回這棵草來，對我說，『星兒他娘，你看看，這是棵什麼草？』說著，人興頭得了不得。夜裡，聽到他屋裡響了一聲，起來過去一看，人已經不行了……老人臨死沒遭一點罪，這也是前世修的。」母親款款地說著，「只是沒能侍候他，心裡愧得慌。他出了一輩子的力，不容易啊……」

　　我眼窩酸酸地聽著母親的話，想起了很多往事——

我家房後有一條彎彎曲曲的膠河，沿著高高的窄窄的河堤向東北方向走七里左右路，就到了一片方圓數千畝的荒草甸子。每年夏天，爺爺都去那兒割草。離我們村二十裡有部隊一個馬場，每年冬季都收購乾青草餵馬，價錢視草的品質而定。

我爺爺的鐮刀磨得快，割草技術高，割下來的草乾淨，不拖泥帶水。曬草時又攤得薄，翻得勤，乾草都是很新鮮的淡綠色，像植物標本一樣鮮活，爺爺的乾草向來賣最高的價錢。

我至今還留戀在乾草堆裡打滾的快樂——尤其是秋天，夜晚涼涼爽爽，天上的顏色是墨綠，星星像寶石一樣閃閃爍爍，鬆軟的乾草堆暖暖和和，乾青草散發出沁人心脾的甜香味……

最早跟爺爺去荒草甸子割草，是剛過了七歲生日不久的一天。我們動身很早，河堤上沒有行人。堤頂也就是一條灰白的小路，路的兩邊長滿了野草，行人的腳壓迫得它們很瑟縮，但依然是生氣勃勃的。

河上有霧，霧很重，但不均勻，一塊白，一塊灰，有時像炊煙，有時又像落下來的雲朵。看不見河水，河水在霧下無聲無息地流淌，間或有潑剌的響聲，也許是因為魚兒在水裡動作吧。爺爺和我都不說話。

爺爺的步子輕悄悄的，走得不緊不慢，聽不到腳步聲。小車輪子沙沙地響。有時候，車上沒收拾乾淨的一根草梗會落在輻條之間，草梗輕輕地撥弄著車輻條，發出很細微的「劈劈劈劈，叮叮叮叮」的響聲。我有時把臉朝著前方（爺爺用小車推著我），看著河堤兩邊的景致。高粱田、玉米田、穀子田。霧淡了些，仍然高高低低地纏繞著田野和田野裡的莊稼。絲線流蘇般的玉米纓兒，刀劍般的玉米葉兒，剛秀出的高粱穗兒，很結實的穀子尾巴，都在霧中時隱時現。很遠，很近。清楚又模糊。河堤上的綠草葉兒上掛著亮晶晶的露水珠兒，在微微顫抖著，對我打著招呼。車子過去，露珠便落下來，河堤上留下很明顯的痕跡，草的顏色也加深了。

　　霧越來越淡薄。河水露出了臉兒，是銀白色的，彷彿不流動。灰藍的天空也慢慢地明亮起來，東方漸漸發紅，雲彩邊兒是粉紅色的。太陽從掛滿露珠的田野邊緣上升起來，一點一點的。先是血一樣紅，沒有光線，不耀眼。雲彩也紅得像雞冠子。

　　天變得像水一樣，無色，透明。後來太陽一下子彈出來，還是沒有光線，也不耀眼，很大的橢圓形。這時候能看到它很快地往上爬，爬著爬著，像拉了一下開關似的，萬道紅光突然射出來，照亮了天，照亮了地，天地間頓時十分輝煌，草葉子的露珠像珍珠一樣閃爍著。河面上躺著一根金色的光柱，一個拉長了的太陽。

我們走到哪兒，光柱就退到哪兒。田野裡還是很寂靜，爺爺漫不經心地哼起歌子來。

　　一匹馬踏破了鐵甲連環
　　一杆槍殺敗了天下好漢

　　曲調很古老。節拍很緩慢。歌聲悲壯蒼涼。坦蕩蕩的曠野上緩慢地爬行著爺爺的歌聲，空氣因歌聲而起伏，沒散盡的霧也在動。

　　一碗酒消解了三代的冤情
　　一文錢難住了蓋世的英雄

　　從爺爺唱出第一個音節時，我就把頭擰回來，面對著爺爺，雙眼緊盯著他。他的頭禿了，禿頂的地方又光滑又亮，連一絲細皺紋也沒有。瘦得沒有腮的臉是木木的，沒有表情。眼睛是茫然的，但茫然的眼睛中間還有兩個很亮的光點，我緊盯著這兩個光點，似乎感到溫暖。我想，他大概把我、把他自己、把車子、把這還沒甦醒的田野全忘卻了吧？他的走路、推車、歌唱都與他無關吧？我聽到了自己的心跳聲「咚咚咚咚」，像很遠很遠的樹上有一個啄木鳥在鑿樹洞……

一聲笑顛倒了滿朝文武

一句話失去了半壁江山

　　爺爺唱的是什麼，我不知道。但我從爺爺的歌唱中感受到一種很新奇很惶惑的情緒，很幸福又很痛苦。我感到陡然間長大了不少，童年時代就像消逝在這條灰白的鑲著野草的河堤上。爺爺用他的手臂推著我的肉體，用他的歌聲推著我的靈魂，一直向前走。

　　「爺爺，你唱的什麼？」我捕捉著爺爺唱出的最後一個尾音，一直等到它變成一種感覺消逝在茵茵綠草葉梢上時，才迷惘地問。

　　「瞎唱唄，誰知道它是什麼……」爺爺說。

夜宿的鳥兒從草叢中飛起來，在半空中嘹亮地叫著。田野頃刻變得生氣勃勃。十幾隻百靈在草甸子上空盤旋著鳴囀。禿尾巴鵪鶉在草叢中「哞──哞──」地鳴叫著。爺爺停下車子，說：「孩子，下來吧。」

　　「到了嗎？爺爺？」

　　「噢。」

爺爺把車子推到草地上，豎起來，脫下褂子蒙在車軲轆上，帶著我向草甸子深處走去。爺爺帶著我去找老茅草，老茅草含水少，幹得快，牲口也愛吃。

爺爺提著一把大鐮刀，我提著一柄小鐮刀，在一片茅草前蹲下來。「看我怎麼割。」爺爺做著示範給我看。他並不認真教我，比劃了幾下子就低頭割他的草去了。他割草的姿勢很美，動作富有節奏。我試著割了幾下，很累，厭煩了，扔下鐮刀，追鳥捉螞蚱去了。

草甸子裡螞蚱很多，我割草沒成績，捉螞蚱很有成績。中午，
爺爺點起一把火，把乾糧烤了烤，又燒熟了我捉的螞蚱，螞蚱滿肚
子籽兒，好香。

迷濛中感到爺爺在推我，睜眼爬起來一看，已是半下午了。吃過螞蚱後，爺爺支起一個涼棚讓我鑽進去，我睡了一大覺，草甸子裡夾雜著野花香氣的熱風吹得我滿身是汗。爺爺已經把草捆成四大捆，全背到了河堤上，小車也推上了河堤。

「星兒，快起來，天不好，得快點兒走。」爺爺對我說。

不知何時——在我睡夢中茶色的天上佈滿了大塊的黑雲，太陽已掛到西半邊，光線是橘紅色，很短，好像射不到草甸子就沒勁了。

「要下雨嗎？爺爺。」

「灰雲主雨，黑雲主風。」

我幫著爺爺把草裝上車，小車像座小山包一樣。爺爺在車前橫木上拴上一根細繩子，說，「小駒，該抻抻你的懶筋了，拉車。」

爺爺彎腰上袢，把車子扶起來，我抻緊了拉繩，小車晃晃悠悠地前進了。河堤很高，坡也陡，我有點頭暈。

「爺爺，您可要推好，別軲轆到河裡去。」

「使勁兒拉吧，爺爺推了一輩子車，還沒翻過一回呢。」

我相信爺爺說的是實話。爺爺的腿好，村裡人都叫他「蹦蹦」。

大堤彎彎曲曲，像條大蛇躺在地上。我們踩著蛇背走。這時是綠色的光線照耀著我，我低頭看著自己的膝蓋，也可以看到自己的肚臍。我偶爾回過頭，從草捆縫隙裡望望爺爺。爺爺眼淚汪汪地盯著我，我趕緊回過頭，下死勁拉車。

　　走出里把路，黑雲把太陽完全遮住了。天地之間沒有了界限，一切都不發聲，各種鳥兒貼著草梢飛，但不敢叫喚。我突然感到一種莫名的恐懼，回頭看爺爺，爺爺的臉，還是木木的，一點表情也沒有。

　　河堤下的莊稼葉子忽然動起來了，但沒有聲音。河裡也有平滑的波浪湧起，同樣沒有響聲。很高很遠的地方似乎傳來了世上沒有的聲音，跟著這聲音而來的是天地之間變成紫色，還有撲鼻的乾草氣息，野蒿子的苦味和野菊花幽幽的藥香。

我回頭看爺爺，爺爺還是木木的，一點表情也沒有。

我的小心兒縮得很緊，不敢說話，靜靜地等待著。一隻長長的螞蚱蹦到我的肚皮上，兩隻五色的複眼仇視地瞪著我。一隻拳頭大的野兔在堤下的穀子地裡出沒著。

「爺爺！」我驚叫一聲。

在我們的前方，出現了一個黑色的、頂天立地的圓柱，圓柱飛速旋轉著，向我們逼過來。緊接著傳來沉悶如雷鳴的呼嚕聲。

　　「爺爺，那是什麼？」

　　「風。」爺爺淡淡地説，「使勁拉車吧，孩子。」説著，他彎下了腰。

　　我身體前傾，雙腳蹬地，把細繩拽得緊緊的。

我們鑽進了風裡。我聽不到什麼聲音，只感到有兩個大巴掌在使勁扇著耳門子，鼓膜嗡嗡地響。風托著我的肚子，像要把我扔出去。堤下的莊稼像接到命令的士兵，一齊倒伏下去。河裡的水飛起來，紅翅膀的鯉魚像一道道閃電在空中飛。

「爺爺──！」我拼命地喊著。喊出的聲音連我自己都沒聽到。肩頭的繩子還是緊緊地繃著，這使我意識到爺爺的存在。爺爺在我就不怕，我把身體儘量伏下去，一隻胳膊低下去，連結著胳膊的手死死抓住路邊草墩。我覺得自己沒有體重，只要一鬆手，就會化成風消失掉。

　　爺爺讓我拉車，本來是象徵性的事兒。那根拉車繩很細，它一下子崩斷了。我撲倒在堤上。風把我推得翻筋斗。翻到河堤半腰上，我終於又伸出雙手抓住了救命的草墩，把自己固定住了。我抬起頭來看爺爺和車子。車子還挺在河堤上，車子後邊是爺爺。爺爺雙手攥著車把，脊背繃得像一張弓。他的雙腿像釘子一樣釘在堤上，腿上的肌肉像樹根一樣條條棱棱地凸起來。風把車子半乾不濕的茅草揪出來，揚起來，小車在哆嗦。

　　我揪著野草向著爺爺跟前爬。我看到爺爺的雙腿開始顫抖了，汗水從他背上流下來。

「爺爺，把車子扔掉吧！」我趴在地上喊。

爺爺倒退了一步，小車猛然往後一沖，他腳忙亂起來，連連倒退著。

「爺爺！」我驚叫著，急忙向前爬。小車倒推著爺爺從我面前滑過去。我靈機一動，聳身撲到小車上。借著這股勁，爺爺又把腰煞下去，雙腿又像生了根似的定住了。我趴在車梁上，激動地望著爺爺。爺爺的臉還是木木的，一點表情也沒有。

刮過去的是大風。風過後，天地間靜了一小會兒。夕陽不動聲色地露出來，河裡通紅通紅，像流動著冷冷的鐵水。莊稼慢慢地直腰。爺爺像一尊青銅塑像一樣保持著用力的姿勢。

我從車上跳下來，高呼著：「爺爺，風過去了！」

爺爺眼裡突然盈出了淚水。他慢慢地放下車子，

費勁地直起腰。我看到他的手指都蜷曲著不能伸直了。

「爺爺，你累了吧？」

「不累，孩子。」

「這風真大。」

「唔。」

風把我們車上的草全捲走了，不，還有一棵草夾在車梁的榫縫裡。我把那棵草舉著給爺爺看，一根普通的老茅草，也不知是紅色還是綠色。

「爺爺，就剩下一棵草了。」我有點懊喪地說。

「天黑了，走吧。」爺爺說著，彎腰推起了小車。

我舉著那棵草，跟著爺爺走了一會兒，

就把它隨手扔在堤下淡黃色的暮色中了。

「人老了，就像孩子一樣，」母親說，「大老遠跑到東北窪，弄回來這麼一棵草，還說，『等星兒回來讓他認認，這是棵什麼草，他學問大。』你認得出嗎？」母親說著把草遞給我。

　　我把這棵草接過來，珍重地夾在相冊裡。夾草的那一頁，正好鑲著我的比我大六歲的未婚妻的照片。

莫言作品集 18

大風

作者	莫言
繪圖	李憶婷
責任編輯	陳淑怡

版權	吳玲緯
行銷	巫維珍 蘇莞婷 何維民 吳宇軒 陳欣岑
業務	李再星 陳紫晴 陳美燕 葉晉源
副總編輯	林秀梅
編輯總監	劉麗真
總經理	陳逸瑛
發行人	涂玉雲
出版	麥田出版

104 台北市民生東路二段 141 號 5 樓
電話：(886) 2-2500-7696
傳真：(886) 2-2500-1966、2500-1967

發行　英屬蓋曼群島商家庭傳媒股份有限公司城邦分公司
104 台北市民生東路二段 141 號 11 樓
書虫客服務務專線：(886) 2-2500-7718、2500-7719
24 小時傳真服務：(886) 2-2500-1990、2500-1991
服務時間：週一至週五 09:30-12:00・13:30-17:00
郵撥帳號：19863813　戶名：書虫股份有限公司
讀者服務信箱 E-mail：service@readingclub.com.tw

麥田部落格	http://blog.pixnet.net/ryefield
麥田出版 Facebook	https://www.facebook.com/RyeField.Cite/
香港發行所	城邦（香港）出版集團有限公司

香港灣仔駱克道 193 號東超商業中心 1 樓
電話：(852) 2508-6231　傳真：(852) 2578-9337

馬新發行所　城邦（馬新）出版集團【Cite(M)Sdn. Bhd】
41, Jalan Radin Anum, Bandar Baru Sri Petaling,
57000 Kuala Lumpur, Malaysia.
電話：(603) 9057-8822　傳真：(603) 9057-6622
E-mail: cite@cite.com.my

| 印刷 | 前進彩藝有限公司 |
| 設計 | 陳采瑩 |

2021 年 2 月　初版一刷
定價 480 元
ISBN 978-986-344-858-7

國家圖書館出版品預行編目 (CIP) 資料

大風／莫言‧作者,李憶婷‧繪圖 .-- 初版 .-- 臺北市：
麥田出版：家庭傳媒城邦分公司發行，2021.02
面；　公分 .-- （莫言作品集；18）
ISBN（精裝）978-986-344-858-7

859.9　　　　　　　　　　　　　　109018557